KB046364

미풍해장국

미풍해장국

오성일
시집

솔
시선
33

조바심으로 오던
저녁의

애가 쓰이는 사람들과
안간힘 같은 풍경들의
성문聲紋

그러나,
나의 말은 어줍고
갈수록 희미하여

2021년 11월
오성일

| 차례 |

제4부

제1부

밤에 쓴 말

고개를 숙이고 생각하겠습니다 고요히 나에게만 묻겠습니다 하늘의 별빛에도 마음 흔들릴 수 있으니 우러르지 않겠습니다 눈 감겠습니다 도처에서 나를 노리는 파행과 봉착, 눈을 뜨면 꿈꾸지 않은 길 위에 서 있을 수도 있으나 가장 위독했던 순간의 기억으로 길을 되물어 가겠습니다 이외로움이 나의 방향 감각입니다

미풍해장국

사무실 앞 미풍해장국이 문을 닫았습니다
그제 밤부터 불이 꺼져 있더니
오늘 낮까지 문이 잠겨 있습니다
문 닫힌 한낮의 식당 안을 들여다보는 건
왠지 섭섭하고 걱정이 드는 일입니다
해장국의 뜨뜻하고 뿌연 김이 가라앉은 식당에선
유리문 사이로 서러운 비린내 같은 게 새 나옵니다
옆 건물 콜센터의 상담원 처녀들이
늦은 밤 소주 댓 병과 함께 뱉어낸
고객님들의 악다구니와 욕지거리들도
식당 바닥 찬물 위에 굳은 기름으로 떠 있습니다
의자와 정수기와 도마와 탁자와 계산대는 다들
앞길이 막막하다는 표정으로
그늘 속에 반쯤 얼굴을 묻고 있습니다
나는 젊은 주인 내외가 무슨 상이라도 당했으려니
노할머니께서 돌아가셨는데
너무 슬픈 나머지
쪽지 하나 붙이고 가는 일 깜빡했으려니 짐작하면서
하루 이틀 더 기다려보자고 생각합니다

그나저나 이제 초여름인데 벌써 공기가 후줄근합니다
미풍이 좀 불었으면 좋겠습니다
콜센터 아가씨들에게도 해장국집 착한 부부에게도
그리고, 나에게도 바람이 좀…….

주방보조급구

　십이월 시장통 실비집에서 '주방보조급구'를 '보조주방급구'로 읽은 밤이 있었다 늘상 주방이 좀 넓었으면 좋겠다던 아내의 투정 탓이라고 마른 이마를 긁적였다 남은 술을 비우고 문을 나설 때 작은 손을 앞섶에 닦으며 식당에서 나오는 여인을 보았다 늦도록 설거지를 마치고 집으로 돌아가는 주방보조는 밤의 나팔꽃처럼 어깨가 젖어 있었다 변두리로 가는 마을버스가 그녀와, 또 이곳저곳에서 흩어져 나온 밤의 보조들을 거두어 싣고 있었다 밤은 깊을 대로 깊었는데, 지붕 낮은 어느 집에서 그녀를 기다릴 어떤 사내와 그들의 어린아이와, 필시 우리 집 반만쯤 할 그네들의 주방을 떠올리다가, 아무래도 나는 아내의 말에 보조를 맞추기는 어렵겠다는 생각을 하며 막차에 올랐다

아무개의 빙부상

생전 본 적 없는 이의 빈소에 가서
죽음과는 아무 상관없는 얘기로 두 시간을 떠들다 왔다
안 죽어본 놈들끼리 그 잘난 삶에 대해 말이 많았다
나 죽은 날도 생면부지의 객들이 저희끼리 이마를 모으고
그까짓 사는 이야기를 진지하게 주고받고 있겠지?
죽어보지도 못했으면서, 표정들은 나보다도 심각하겠지?

산촌

오리야,
한겨울인데

해 질 녘
눈발 치는데

노인 영감 무쇠솥에 물 끓인단다

날은 어두워
장작 환한데, 오리야

울 넘어서 뒤뚱뒤뚱 도망가거라

화장

몇은 커피를 마시고, 몇은 눈을 감고 있었다
등을 쓸어주며 마른 웃음을 건네는 이도 있었다
화장장은 크고 넓고, 여름 아침인데도 서늘했다
한 시간 반 뒤에 여섯이 들고 들어간 사람을 혼자 들고 나
왔다°
하얀 보자기 속에 나무상자 속에 하얀 뼛가루
혼자 들려 나온 사람은 부드럽고 곱고 깨끗했다
나는 그것을 조금 섭섭히 여기면서도
사는 일 그리 뼈아플 것도 없겠다고 생각했다

° 윤제림 시인의 시 「화장火葬」에서 빌려옴.

뒤편

푸른 잎의 뒤편은
부옇고 탁하고
진딧물이 앉고
핏줄이 서 있다

그래 아가, 그래 아가아—

어린 손주와의 전화를 끊으며
때 묻은 전화기
천—천—히
덮고 있을

어머니의 손등

전봉덕 할머니의 인터뷰

2016년 추석 연휴 끝 남쪽 지방에 큰비가 왔다
　―자녀들이 추석 쇠고 떠난 시골집엔 빗물이 방문 앞까지 들이닥쳐 겨울을 날 연탄까지 쓸어갔습니다
　KBS 기자의 물난리 소식에 어딘가 기사 같지 않은 아린 맛이 있어 '겨울을 날 연탄', 이 대목에서 마음은 한번 삐끗했는데,

　이어지는 전봉덕 할머니(전남 담양군, 78세)의 인터뷰는 이랬다
　―하도 비 오는 소리가 짜락짜락 나. 그래서 인자 요리 와서 문을 열어보니께 넘실넘실혀 그냥. 죽었어 깐딱하면……

　세상은 아직 황톳빛 난리가 그치지 않았는데, 나는 참 철이 없게도
　남도 여자의 육자배기 대목이나 얻어들은 듯 짜락짜락 빗소리가 하도 넘실넘실 가슴 문턱을 넘쳐 들어와 깐딱하면 이쁜 시 한 줄을 토할 뻔했다

봄밤

지금도 산지기라는 직업이 있는지
있다면 그거나 좀 해봤으면
그런 생각이 밀려오는 저녁

내가 산지기였다면
산막山幕에 흐릿한 남폿불을 걸어놓고
검푸른 침엽의 숲 위로 떠오르는 붉은 달을
아주 잘 지켰을 텐데, 생각하면서

제 맘 하나도 못 지키는 내가
달 지킬 생각을 하는
이런 우스웁고 황홀한 밤

산역山驛

구월,

이 역에 서지 않는 열차처럼
시절이 가고

봄날의 앵두꽃 한 잎
옛말인 듯 붙어 있는

이정표
흰 팻말

시인학교

동네 문화센터를 지나다 본 시인학교
저기서 어느 이름 좀 났다는 시인이
시 쓰는 걸 가르치고 있을 텐데
시 쓰는 걸 어떻게 가르치나 궁금해하다가
시 쓰는 법은 굳이 가르치지 않았으면 좋겠다고
나는 나 혼자 생각을 가져보네
그냥 한 시간이 다 가도록
봄비 속에 놓쳐버린 차표를 찢듯
창밖으로 수만 장 꽃잎을 떨구고 섰는
늙은 꽃나무나 바라보고 있으면 좋겠다고,
지나갈 것이 다 지나간 뒤
해찰하듯 공터를 건너가는 바람을 따라
오월의 흰 종이 위로 생의 오후가
무심히, 조금 섭섭히
지나가고 있으면 좋겠다고,
시 가르친다는 집 앞에 서서
나는 말없이 생각하다 가네

그래도

덧없음 말고는
다 덧없는 세상에서
그래도
누구를 두고
사랑이란 걸 하고 살면
신께서
내려보시며
애쓴다, 착하다
여기시겠지

소만

늙은 의원 찾아가
약방문을 청해보나

시부저기…….
비는 오는데

소만 지나 기우는 봄
고질이 성가셔라

연착륙을 빌다

회사 옥상에서 보면 서쪽 아파트 단지 뒤편으로 비행기
가 낮게 날아가는 게 자주 보입니다 공항으로 내리는 비행
기 길입니다 커다란 검은 눈의 네팔 청년 하나가 비행기 창
에 이마를 붙이고 낯선 나라의 풍경을 살피다가 어느 지방
공장의 주소가 적힌 쪽지를 긴장된 얼굴로 가만히 펼쳐보
는 모습이 보입니다

죽 값

　아무리 물가가 올랐어도 그렇지 세상에 뭔 놈의 죽이 구천 원이냐고 사랑니 뽑은 스물한 살 아들 녀석이 푸념을 할 때, 만 원짜리 설렁탕을 먹은 쉰한 살의 나는 별 대꾸를 못했다 사랑니는 왜 비집고 나와서 아들놈 세상 걱정을 시키는지, 사랑니 뽑을 그 무렵엔 나도 세상에 의아한 게 많았는데 사랑은 시들고 사랑니 자리는 흔적도 없고 물가 오르는데도 어지간히 길이 들어 나는 왜 식은 죽처럼 미지근히만 살고 있는지, 오늘은 새삼 물가가 걱정되고 요즘의 나도 좀 걱정이 되었다

잊혀진 계절

'키스가 제철인 계절'이라는 광고 카피에
눈이 빤-짝 뜨였다가,
다시 보니 '카스가 제철인 계절'

하하, 지금은 잊혀진 계절이지만,
나 한때 알았다오, 그 입술 끝 크림색 거품과

키스가 제철인 계절

제2부

염소 아빠

나는 요즘 꽤 멀리 풀을 뜯으러 다닌다 아침저녁 길을 멀리 오가니까 아내와 자식 생각도 많아진다 오늘은 육십 리쯤 가서 풀을 뜯고 왔다 몇 년 전 삼만 리나 날아가서 잉글랜드 초원의 풀을 뜯어본 생각도 가끔 난다 그립다 어린것들도 이젠 제법 뿌리 굵어서 오 리나 십 리쯤 가서 저 혼자 풀을 뜯고 오기도 한다 대견하다 이웃집 노인네는 다 큰 자식놈이 통 풀 뜯으러 나갈 생각도 안 하고 몇 해째 빈둥댄다고 나만 보면 걱정이 많다 나는 경기가 좀 나아지면 풀 뜯을 데 생기지 않겠느냐고 대꾸는 해주지만 세상 돌아가는 꼴을 보면 그게 그리 간단치는 않을 것 같기도 하다 우리 식구들은 집에 돌아오면 각자의 말뚝에 얌전히 목줄을 걸고 밤참으로 여물을 먹기도 하는데, 같이 먹자면 아내는 기겁을 한다 하긴 요즘 부쩍 살이 붙기는 했다 어제는 뭣 좀 생각할 게 있어 어두운 들판에 서 있다 늦게 들어갔더니 다들 순한 얼굴을 하고 잠이 들었는데 작은놈은 어디 아픈 데라도 있는지 눈곱이 졸졸 흐르는 게 안쓰러웠다 내일은 어디 가서 몸에 좋다는 풀을 좀 뜯어다 먹여야겠다

정경

어느 서양 나라에 지금도 저녁이면 늙은 점등원이 거리를 돌며 가등마다 불을 켜는 작은 도시가 있다 한다 길가에 가스등이 하나 둘 켜지고, 팔월의 운하를 건너서 바람이 오면, 정교회 종탑 마당에 나온 노인들 처녀들이 허름하고 다정한 반말로 저녁의 인사를 주고받는다는데, 한가히 거기를 떠올리는 요 며칠 저녁들이 나는 혼자 기쁘고 충분했다

곰소

눈부셔라
하늘 밑

칠월 염전
바람 속을

사그락, 사그락

소금이
오시네

마지기

'평' 말고 '제곱미터'를 써야 한다지요
벌써 한참 전부터 그랬어야 한다지요

그런데 어쩌나요
난 도무지 '제곱미터'론 가늠이 안 되는 걸요

그도 그럴 밖에,
한 번도 '제곱미터'엔 몸 달아본 적이 없으니까요

넓이는 눈금이 아닌 몸이 아는 거예요

스물네 평은 좀 옹색하고, 서른세 평은 숨 좀 쉴 만하고
마흔한 평은, 왠지 휑한데도 생각하면 신이 나지요
어떤 시인이 쪼개어주겠다던
십만 평 동해 바다는 또 어떻구요

그래요, 넓이는 몸이 알아요

내 아버지의 등짝에 젖은 노을 한 마지기처럼

넓이는 몸에 깃든 기억이어서

넓이엔 몸이 먼저 울고 웃어요

여름밤

자다가
불 켜고 모기 잡고,
다시 잤다
여름밤은 덥고 짧고,
덧없다
얕은 잠과 잠 사이
좋은 꿈이 꿔지는 날도 있다

사는 일이
이렇다는 생각을 한다

아픈 별

엄니 모시고 큰 병원 가서 보니
스크린으로 아픈 이름들을 부르더라

아픈 이름들은 별딱지를 하나씩 갖고 있더라
우리 엄니처럼 다리 아픈 배명*, 김숙*, 장영*

진료실 문 앞에도, 돈 받는 창구에도
별 박힌 이름들 지나가더라

다리가 다 망가진 우리 엄니 이름 속을
반짝이며 쩔뚝이며 별 하나가 지나가더라

춘분

춘분날 밤이다
다사한 밤

없는 집에 시집간 누이에게
이 밤처럼 너슴너슴한 걸로
이불 한 채 지어 보냈으면…….

그 생각에 늦도록
잠 안 오는 밤이다

이별

감기가 다녀갔습니다

지독한 여름 감기가 다녀가는 동안
나는 홑이불을 감고 누워서
간 봄에 잘못한 짓들을 생각하였습니다

항구, 리스본

칠월의 바다에서 돌아온 사내들은
유곽으로 몰려갔나
이 층 가득 빨래가 펄럭이던 뒷골목에
사나흘 비가 오고 있었다
검은 돛배°를 타고
파도가 밀려왔다
저녁인데, 누가 시립병원을 물었다

° 아말리아 로드리게스가 부른 파두Fado.

힘껏

아침 일곱 시 적십자병원 앞 주상복합빌딩 신축 공사장 출입구 쪽, 폐지를 가득 실은 할머니의 리어카가 과속방지턱 앞에서 주춤하자 하얀 헬멧을 쓴 공사장 신호수가 들고 있던 빨강색 형광 지시봉을 냉큼 겨드랑이에 끼고 힘껏, 밀어주는 걸 코에 투명 줄을 꽂은 환자복의 노인이 푹 꺼진 눈으로 힘껏, 웃으며 건너다보고 있습니다

화상

고성에 큰불 휩쓸었을 때
쑥대밭이 된 산간 마을
바람벽 외양간에 묶여 있던
등가죽이 반쯤 탄
누렁소 한 마리는
혼자 피난 갔다 온 주인을
커다란 맑은 눈으로 맞았다 합니다
힘겹게 두어 걸음 다가오며
꼬리를 흔들면서 맞았다고 하는데
주인의 표정이 어떠했는지는
들은 바가 없습니다

아무르

어디가 초원이고 강과 호수인지 분간이 안 되게 대지에 눈이 덮여도 괜찮아요 아무르는 살 만해요 가으내 거두어 둔 건초 더미가 있어서, 말들은 건초를 먹고 사람들은 마유를 먹지요 타이가의 침엽 숲엔 늑대와 가젤, 표범과 순록이 살고, 고니와 두루미는 쿠릴로 캄차카로, 물범과 연어들은 오호츠크의 한류로 가서 죽지요 아무르의 겨울은 살 만해요 칼끝의 눈바람에 발갛게 볼이 언 채 아무르는 죽을 만해요 당신들의 땅에는 어떤 정령들이 숨 쉬어 사는지요 건초 더미도 없이 마유도 없이 밤짐승들의 혼백 시린 울음도 없이 당신들이 사는 그곳은 살 만한지요 살다가 죽을 만한지요

꿈

꿈에 낙타는 의심에 찬 얼굴이었다
인간인 증거를 대라고 했다
나는 당연해서 증거는 없다고 했다
모래바람이 증거를 지우고 있었다
사막엔 내 발자국이 아무 데도 없었다

숨을 죽이고

스물 두엇쯤 됐을까
그는 말을 제대로 꺼내지도 잇지도 못했다
자동차 보험 만기가 가까워 안내드렸다,
우리 보험으로 옮기면 뭘 더 챙겨드릴 수 있다, 대충 그러
한 얘기
아주 무심하고 차갑게 대꾸하는 나에게
끈질기게 뭘 더 물어보지도 않고
고객님 그래도, 하고 매달리지도 않고
그냥 숨죽이듯 전화를 끊었다
그의 가늘게 떨리는 목소리와 나의 메마른 대답으로
쉽게 끝난 전화가 하루 종일 마음을 떠나지 않았다
분명 저 일을 오래 못 할 것 같은 청년을 생각하고
사는 일의 위태로움에 대해 생각했다
목소리를 떨며 하루를 사는 그를 뿌리치고
보험 재계약 사은품으로 나는
삼만 원짜리 주유권을 받았다

늙은 닭

늙고 털이 적어진 수탉이
아침나절 마당가에서 졸고 있다
어느 해 이른 봄
노랑, 하양, 자주 병아리들 알을 깨고 나왔을 때
자랑 가득한 두 눈을 또록또록 굴리며
꾸르르 꾸르르르 사나운 소리도 내며
꼬득꼬득한 붉은 벼슬을 곤두세우고
온 마당을 어슬렁대던 때를
그는 지금 떠올리고 있는 걸까
눈 감고 고개 떨군 채
무슨 먼 옛일을 생각하기는 하는 것 같은데
늘어진 눈꺼풀이 애처롭다
내 아버지 같은 저 닭

미역국

아내 생일 전날 퇴근길에 쇠고기 미역국 한 봉지를 샀습니다 아내는 아직 퇴근 전입니다 미역국을 냄비에 붓고 참기름도 몇 방울 넣었습니다 내일 새벽 나 깨기도 전에 출근할 아내가 데워만 먹으면 되겠다 생각하다가 도로 일어나 미역국을 데웠습니다 내일 새벽엔 다 식어 다시 데워야 한대도 그래야 할 것 같아 그랬습니다 쓸데없는 짓이랄 수도 있겠으나 마음이 꼭 그래야 할 것 같았습니다 언제부턴가 미지근해진 마음을 좀 데워야 할 것 같아서였습니다

제3부

섭섭한 저녁

가을 저녁

내 긴 그림자 말도 없이 떠난다

하긴,
나라는 사람
지겨울 법도 하지

예스터데이

어제의 일들은 언제나 궁금해 예스터데이
뜻도 모를 시처럼 가슴이 저리지 예스터데이
좋은 날이 올 거라던 사람들은 자취 없고
빗나간 예언 같은 오늘이 미안한 미소를 짓네
깜빡이다 잠드는 생
뒤척이다 눈뜨는 꿈
하소연도 사랑의 말도 꽃가지를 하나 흔들 뿐
어제는 못 쓰는 차표°처럼 가볍고 섭섭해라

새날은 익숙한 얼굴로 줄지어 오는데
어제의 일들은 꽃말처럼 궁금해
예스터데이 예스터데이 오는 듯 가버린 날들

<hr />

° 오장환의 시, 「The Last Train」에서 빌려옴.

겨울 저녁의 노래

  내 생각이 틀렸다는 것을 인정해야 할 때가 오고 있음을
예감한다 내가 경멸했던 것과 그것들의 편이었던 자들에
게 승복해야 하는 때, 관중은 내 편이 적었고, 승부는 불공
정했다 세상은, 가슴에 시를 품고 사는 자의 무대는 아니어
서 처세는 누추하고 모멸은 쓰라렸다 뒤집어진 게처럼 굴
욕은 백일하에 적나라했다

  꾸고 싶지 않은 꿈이 자꾸 찾아오는 새벽이 있을 것이다
어긋난 나의 신념, 확연해진 나의 패배를 우두망찰 바라보
며 쓸쓸히 웃을 뿐 다른 도리가 없으나, 그러나 나는 나의
마지막 생의를 모아 찬물에 뜬 돼지기름 같은 혐오로 저들
의 득의와 관후를 비웃는다 증오는 때로 이토록 아늑하다

  하소연도 복수도 빼앗긴 채 먼지처럼 숨만 쉬며 살아°갈
지라도 업신여길 세상만 남아 개운하다 마음의 강바닥에
구르는 돌들, 물결에 몸 닳아 둥글어지지 않겠노라고 부딪
쳐 날을 세운다 강물 위로 자욱하게 눈보라 퍼붓는 저녁, 길
지워진 벌판 위 납빛 하늘로 검은 이마의 새 하나 깃을 치며
간다

덕담

이 년이 다 되어 회사를 나가야 한다는
스물셋 비정규직 여사원에게
같은 일을 해도 마음을 담아서 하면
회사도 그 마음을 알아준다고,
어디 가 무슨 일이든 그 마음으로 하라고
밥 사주며 일러주었다

이 년 뒤엔 또다시 풀 죽은 마음을 거두어
유목의 처녀처럼 길을 떠날 그녀에게
무슨 만고의 교훈이라고
세상의 진리라고
나, 부드러운 목소리로 말해주었다

장항선 1
― 예산역

서천 가는 밤
흐릿한 기차간에 보퉁이 몇 개

예산의 삽교의 홍성의 광천의 대천의 웅천의 서천의
늙은 어미들의

느릿느릿 작은 눈 깜빡이며
무언가를 걱정하다

간간
보퉁이를 고쳐 안는

무릎에 포개진
마른 손 몇 개

감꽃 목걸이

감꽃 같던 그 손 잡아보지는 못하였으나
가슴 위를 한평생 무명 빛깔로 자박거리는
이토록 실없고 섭섭한 사랑도 있기는 있다

촛불

촛불의 밝기가 몇 촉인지 나는 모른다 촛불의 마음이 몇 도인지 나는 모른다 그러나 나는 촛불에 대해 아는 게 있다 촛불은 다른 불과 다르다 촛불이 다른 불과 다른 건 흔들리기 때문, 어둠을 뒤흔드는 그림자를 만들기 때문이다 그 그림자로 땅을 흔들기 때문이다 촛불은 눈물을 모았다가 흘릴 줄도 안다 나는 그 눈물에 화들짝 놀란 적이 있다 나보다 먼저 놀라서 내 손바닥 안에서 굳어지던 촛불의 눈물, 하여 나는 촛불을 똑바로 세워 드는 습성을 배웠고 사람이나 촛불이나 꼿꼿한 자세 속에는 눈물을 사르기 위한 수평의 안간힘이 있다는 것도 터득하게 되었다 촛불이 무서운 건 다른 게 아니다 그 안간힘, 그 꼿꼿한 견딤이 무서운 것이다 수직의 분노가 옮겨붙는 저 거대한 수평이 무서운 것이다 그리고 또 하나 분명한 것, 촛불은 바람 불면 번진다

산복도로

아낙은 때가 긴 맨발을 앞 유리 턱에 올리고 서방인 듯
도 아닌 듯도 한 사내는 뻑뻑 담배를 빨고 트로트 메들리는
2절로 넘어가고 고물 타이탄 트럭 짐칸엔 공사판 페인트 통
들이 일없이 뒹구는 한낮, 오늘따라 신호는 길어서 여자의
하품이 늘어지는데 어디서 밤꽃 냄새는 뭉텅뭉텅 몰려와
코를 찌르는 산복도로, 아무래도 저들을 저대로 두면 노가
다고 일당이고 때려치우고 어디 아무 덤불에나 어푸러져
민망한 짓거리를 하고 말 것만 같은 봄날 샛노란 대낮

창호지에 쓴 가을 동화

마루 깊숙이 가을볕이 번져오던 하루는
가진 것 없는 내 엄니랑 아비가
창호지를 새로 바르던 날이었는데요,

가난 같은 거 깜빡 잊기라도 한 듯,
소꿉을 노는 계집애와 그의 사내나 된 듯,
세상 재미나고 이쁜 짓을 하는 모양으로
문고리 옆엔 코스모스 꽃잎 따다 넣고
그 아랜 한들한들 이파리도 붙여 넣고선
손에는 꽃자국, 뺨에는 꽃물이 든 채로
안팎으로 갈라 앉아 손을 마주 대기도 하며
말갛게 비치는 웃음을 웃고 그랬는데요,
이가 빠진 문살과 아귀가 안 맞는 살림도
한몫씩 소란을 거들기도 했지요, 그때

달그락 달그락 저녁을 먹고 나면
앞산 솔밭을 넘어온 달이
양철 차양 마루를 환히 물들여
방 안 가득 풀이 마르던 냄새를 생각하면…….

뒷문 밖에 익어가던 사과의 향내를 생각하면…….

그날 밤은 그네의 무릎 아래 어여쁜 짐승
창호지 방패연을 조르다 잠든 어린것을 내려다보다가,
문밖을 서성이던 달이 사립을 돌아간 뒤에
꽃숨 쉬며 초야의 사랑 같은 거 나눴을 거라고,
이슥토록 풀 냄새가 피어나는 방 안에서
새로 바른 창호지가 파르르르 떨리도록
달뜬 사랑도 나눴을 거라고,

오늘은 달이 뜨고 세상 일 귀치 않고
창호지 문밖으로 누가 가만 온 듯한 날
나는 웃으며 그런 짐작을 하고 있어요

맞는 말

노숙의 차림을 하고
술에 젖은 사람이 내뱉는
욕설의 말은
다 맞다

언제나 생각만 많은 난
생전 비겁해서 못 하는 말

지나치다 다시 서 가만히 들어보면
맞다

세상이 틀렸다

재환이 형

판자로 지은 재건중학교°가 있었다
읍내 가는 버스길로 고개를 넘으면 내리막길 중간쯤
배추밭 하나를 건너 산자락에 있었다
거기 다니던 재환이 형은 공을 잘 찼다
아주 군침이 돌게 킥을 잘했는데
뒤에 그 형은 풀 죽이는 약을 먹고 죽었다
남들 다니는 중학교 못 다니고
재건학교 나왔던 게 창피했던 것 같다
졸업하고 어디서 돈 벌러 다닌단 얘길 들었는데
보잘것없는 돈에도 풀이 죽었겠지만
그 숫기 없는 마음이 세상에 많이 채였던 것 같다
아니, 제가 제 마음을 차는 날이 더 많았을 것이다
축구나 시켰더라면 좋았을 걸 그랬다는 생각이 든다
원래 걷어차는 일은 속상한 사람들이 잘하니까…….
지금도 나한테는 축구하면 메시보다 재환이 형이다
우리나라 축구가 힘을 못 쓸 때면 나는
재환이 형 같은 사람이 나와서
재건을 좀 해야 된다는 생각이 근질거린다
그 형 죽은 지 삼십 년이 넘었는데도

아뿔싸

대학 다니던 어느 봄밤
집에 안 들어가겠다는 여자를
기어이 들여보낸 적이 있다는
박 선배의 너털웃음 말끝에
오십 넘은 우리들
소주잔을 탁탁, 내려놓고
손 꼬챙이 지청구를 하며
쫏쫏쫏쫏 혀를 찼다

오늘은 집에 안 들어가고 싶다던 처녀애 마음,
그땐 진짜 경험이 없어서 무서웠다던 그 사내의 마음,

아뿔싸—
그런 풋것들의
그런 기찬 얘기도 있었던
꽃내 나던 날들의 밤

초록 선풍기

우리 아들 갓난 적에 샀던 선풍기가 돌고 있습니다
이십 년 동안 같은 방향으로 돌아갑니다
아들이 붙여놓은 미키마우스 스티커가 아직 붙어 있습니다
그 아이 분유 먹여 등 두드려 가만히 뉘어놓으면
솜털 같은 머리카락 부드럽게 쓸어주던 초록 선풍기

바람 같은 세월이 스무 해나 돌아갔습니다
그날 미풍이던 바람은 어느 밤 비를 몰고 와 몸부림을 치기도 했습니다
그사이 내 아이도 세상의 바람을 저 혼자 맞아야 할 나이가 되었는데
어떤 땐 바라보면 가끔 흔들리는 것 같기도 합니다
제 속의 바람을 못 이겨 밤의 거리를 쏘다니다 오는 듯도 합니다
나는 그냥 지켜만 보고 있습니다

오늘은 그 아이 잠든 틈에 초록 선풍기를 틀어주었습니다
꿈속에서, 아름다웠던 옛날의 일을 생각하기라도 하는지

나하고 아내하고 불러주던 자장노래를 듣기라도 하는
건지
　　빤스 위가 불룩한 여드름쟁이 그놈이
　　자면서 빙그레 싱거운 웃음을 웃습니다

늙은 군인의 노래

문상을 하러 전주에 왔다
여드름 잘 고친다는 피부과 광고 비닐 커버가
좌석마다 씌워진 시내버스 타고 장례식장 간다
제대하고 이십칠 년 만인가,
병원과 교회와 휴대폰 가게가 많이도 들어섰다
나 헌병한테 복장 불량 걸렸던 터미널은 아직 그 자리
모자 잠깐 안 썼다고 그 위세를 떨던 놈, 잊어주기로 한다
그러나 아직 잊지 않은 그들
그 사내들 하나도 보이지 않는다
유 병장, 김 하사, 엄 일병, 곽 상사도,
임질약을 달고 살던 이 상병도 없다
그, 놀이 같고 장난 같던 날들의 고참들 쫄병들
다 어디 가고 없다
그래도 나 그때 몇 달은
무청같이 시퍼런 놈들 열댓 명 거느리고 대장 노릇했는데
그날의 노란 작대기 네 개 지금은 없다
세상에 둘도 없는 쫄병으로 눈치 보며 살고 있다
장난처럼 한 번 더 푸르고 싶다
노란 작대기 이마에 그려 붙이고

삐뚤어진 세상 싸가지 없는 놈 몇 잡아다 얼차려도 주면서
한 번 더 깡패처럼 사나워보고 싶다

지우개

내 삶에는 더러 지우고 싶은 말이 있어
남몰래 지우개를 문질러보는 때가 있는데

나처럼 모서리가 닳아버린 지우개는
영락없이 윗줄도 아랫줄도 같이 지우곤 해서

지우개를 깎아 날을 세울까,
사각사각 생각을 세워보다가
그것도 열없어서 그만두는 날이 있다

내 삶에는 그렇게 못 지운 말이 있고
지우고 싶은 날들 몇 개가 있다

아들 걱정

등용문보습학원과 폴리잉글리시스쿨과 정상어학원과 벨루스국어와 청어람과학과 임팩트수학과 이스트영어학원을 거쳐 비타에듀재수학원을 다닌 나의 아들은 괜찮은 대학을 나와 돈벌이도 잘하리라 믿습니다 그런데 그가 영중초, 목원초와 양정중을 거쳐 마포고를 다녔던 일은 기억이나 하고 살지 그게 좀 걱정입니다 여름 아침 등굣길의 파아란 하늘 아래 그 학교 음악선생과 국어선생이 눈 맞아 지낸다는 입 간지러운 소문을 주고받으며 바람에 깔깔대던 키 큰 미루나무들도 그를 전연 기억하지 못할 것 같아 걱정입니다

제4부

집으로

어떤 나라에선 집 없는 이들이 많이 죽었다고 합니다
감염병에 자가격리를 못 해서였다는 것입니다
네 집에 있으라,는 벼락 같은 저 말…….
세상 어디에 제 몸 하나 숨기지 못해 떠돌다 간 이름들을
호명하며
어느 날 밤 하루쯤은 안 들어갈까, 생각도 했던 집으로
나는 얼굴 반쪽을 가린 채 들어왔습니다

티타임

우리 회사 구내 커피숍 이름은 티타임입니다
잘생긴 청년이 빨간 티에 까만 안경을 쓰고 커피를 팝니다
큰 소리로 글자 눌러쓰듯 꾹꾹 말을 하는데
연필심처럼 그의 말은 자주 툭툭 부러집니다
지적장애가 있다고 합니다
그의 얼굴은 커피색, 티타임 메뉴판은 녹두빛입니다
거긴 가지가지 서글픈 메뉴들이 있습니다
뜨거운 슬픔과 차가운 슬픔과
쌉쌀한 슬픔과 달달한 슬픔과
여러 슬픔들을 믹서에 갈아 섞은 슬픔이 있습니다
큰 컵은 좀 비싸고 작은 컵은 좀 쌉니다
나는 티타임 주문대 앞에서 슬픔의 목록을 올려다보다가
무어라 말을 하고 아득한 무슨 생각인가에 잠겼습니다
주문하신 아이스 아메리카노 나왔습니다, 하고 그가 외
쳤을 때
뜨거운 커피를 시킨 걸 떠올린 나는 혼자 먹먹해졌습니다

비 오는 새벽

어쩐지
이 삶에는 끝이 있을 것 같고,
나의 약속 중에는
헛된 다짐이 많을 것 같고,
오래잖아 지상의 사랑은
잊힐 날이 있을 것 같아서

어쩐지
누구에게 미안하단 생각이
자꾸 떠오르는 새벽이 있고,
가만히 눈만 뜬 채로
내가 몇 살까지 살게 될지를
세어보는 새벽이 있다

금산사에서

전엔 절에 가면 사천왕상이 그렇게 무서웠는데
지금은 어둑하고 습내 나는 천왕문을 지나면서도
겁 하나 안 먹는 내가 좀 무섭다
손가락을 살며시 오므린 금산사 거인 부처님
그런 내가 못마땅한지 눈길 한번 주지 않으셨다
그전엔 절 아래 마을에 접시꽃이 피었더냐
허리 굽혀 물어도 봐주시더니

소설小雪

다시, 이 산중에는

도토리가 떨어지고
옹달샘에 살얼음이 앉고
노승이 웃으며 입적을 한다

산 아래
성근 눈발 속에
여자는
마른 고사리를 판다

장항선 3
― 웅천역

웅천역 밤 깊어

김 서린 창 너머

서울 가는 기차엔 사람이 많다

장항행 보통 칸엔 생각만 많고…….

무량사 뒤꼍

눈썹마냥 포개진 기왓장에 이끼가 하얗게 얼었습니다

무심결에 뻣뻣해진 내 눈썹을 문질러보았습니다

오늘은 부처님도 몸이 좀 안 좋아 보였고,

좀체 들어주지 않는 소원에 나는 나대로 노여움이 좀 일었습니다

그러다 잠깐 여름날 뒤꼍의 그늘이 좋던 것을 떠올렸습니다

대웅전 뒤꼍에 심우도가 칸칸이 그려져 있었습니다

한나절을 뒤꼍에서 말 없는 흰 소만 바라보다 돌아왔습니다

심우心愚, 심우心憂, 저물도록 뒤꼍에서 벽을 보다 돌아왔습니다

열 번에 한 번쯤

착하게 살다 간 사람의
장례식장에 가면
눈물이 난다

요즘엔
열 번에 한 번쯤
그러하다

말도 안 되는 이야기

할매와 어매는 해마다 가을걷이가 끝나면
푹푹 팥시루떡을 쪄서는
장독에도 놓고 외양간 서까래에도 놓고
변소간 앞에도 놓아두고는
말도 안 되게 순하고 깊고 맑아진 얼굴로
두 손을 빌기도 하고 내 이름을 옮기도 하고
내 손을 이끌어 말도 안 되게 자꾸
절을 시키기도 하였는데요,
할매는 돌아가시고
내 이름도 한번 부르며 돌아가시고
어매는 그사이 할매만큼 늙어
시루처럼 낡아서 팔다리가 성치 못한데
나는 나는 그때 그날
절 덕분인지 떡 덕분인지
할매와 어매의 귀신님들 덕분인지
말도 안 되게 잘 커서
말도 안 되게 잘 살아요

나무야

옆구리로 밀어낸 두어 개 잎을 보니
네가 은행나무였던 걸 알겠다

톱날이 지난 자리 나이테를 보니
서른 살쯤 먹었던 걸 알겠다

바람이 불자 파르르 잎을 떨어
다시 아득한 한 생애를 시작하는 나무야

삼십 년, 혹은 오십 년쯤 뒤에
또 한 번 발목까지 몸뚱이가 베어진대도

그것이 나무의 나무된 일인 줄만 알아
여린 잎 하나를 가까스로 밀어 올리며

아득한 나무의 일생을 다시 시작할 나무야

열 살 에스더와 눈먼 엄마 이야기°

애야,
소리를 들어보니
큰 나무를 베어왔구나

장작을 패야겠지
겨울이 오는데

한 묶음은 시장에 팔고
한 묶음은 헛간에 쌓자

오늘은 너무 멀리 가지 말아라
주인이 세를 받으러 온다는구나

아니다, 봄이 오면
너는 멀리로 가거라

° EBS 다큐멘터리〈글로벌 프로젝트 나눔: 암흑 속에 갇힌 엄마와 딸〉을 보았다.

길용 씨

트럭을 몰고, 트럭엔 라면을 싣고
라면을 먹으며, 전국을 헤매며
딸을 찾는
길용 씨는 혜희 아버지

엄마는 딸을 찾다가
전단지를 품에 안고 죽어서
지금은 혼자서 혜희를 찾아다니는
송혜희 아버지 길용 씨

금전적으로는 뭐 드릴 게 없으니까
내 신체 일부래두 팔아서 갚을 테니
실종된 혜희 좀 찾아달라는,

나의 딸 송혜희는 꼭 찾는다,가 가훈인
혜희 아버지

실종된 송혜희 좀 찾아주세요
키 163cm에 둥근 얼굴형, 피부가 검었으며 실종 당시 흰색

블라우스와 빨간색

조끼, 파란색 코트를 입고 있었던, 송탄여고 2학년

17세 발견 시 제보처 국번 없이 182 및 112

지금은 39세 혜희의

아버지

현수막을 걸다가 사다리에서 떨어져 척추를 다친

길용 씨

비 온 아침

가죽 구두 신고
유리문 밀고
회사 복도를 들어서니
물 젖은 걸음마다
빠그작, 빠그작,
찰진 소리가 납니다
살다 보면
살아봐야겠단 생각이
이렇게 발밑에서
착착,
감겨오는 날이
더러 있습니다

살이 젖고, 살림이 젖어
흙물 튀는 길거리를
건너온 날에 말입니다

소한

오늘 세상은 시리고
하늘엔 찬 하늘만 있습니다

하늘과 나,
박빙입니다

이러한 때엔
마음 디디는 자리마다 살얼음이어서
나를 건너야 할 일이 한걱정입니다

당신도 그러하신지

그동안
어지간히 사랑을 축냈습니다

미안하다는 혼잣말이
찻잔에 뜬 찻잎처럼
쓸쓸해지는 때가 있습니다

사랑한 때의 일과
사랑한 뒤의 일과
해보지 못한 사랑의 일이
다 고요히 저무는 저녁

바람이 방향을 바꾸어 붑니다
오늘은 좀 힘들게 별이 떴습니다

우화憂話

　나는 남에게 걱정을 끼치는 게 싫어서 걱정이 많다 나를
걱정시키는 사람이 있어 잠 못 드는 밤이 있으나, 또 그런
나의 불면을 걱정하는 오랜 사람이 있어 나는 걱정이 많다
그래, 걱정은 몰래 하는 일이 되었다 주머니 속의 걱정을 만
지작거리는 습관, 먼 데를 바라보며 그러는 습성이 병처럼
깊었다 지치도록 봄날도 깊었다 해 저무는 마음의 골짜기
로 저녁바람이 분다 바람의 뒤편에는 발끝 저린 노을, 걱정
말라고 발등을 쓸며 어둠이 온다 잠시 무심하고 적막하고
따스하다 그 사이를 바람이 불고 또 걱정이 보챈다 너무 오
래 집을 비웠다 해찰이 길었다 걱정을 데리고 집으로 갈 시
간이다 오늘 밤도 나는 나 혼자가 아니어서 밤이 더디게, 지
날 것이다

두 개의 거울 속을 걷는 열린 산책자의 시학

박남희(시인·문학평론가)

1. 플라뇌르로서의 시적 산책자와 시 쓰기

멕시코의 시인이며 비평가이며 외교관이었던 노벨문학상 수상자 옥타비오 파스는 그의 책 『활과 리라』에서 "시는 선택받는 자들의 빵이자 저주받은 양식이다. 시는 격리시키며 결합시킨다. 시는 여행에의 초대이자 귀향이다."라고 시를 정의한 바 있다. 여기서 그가 시를 "여행에의 초대이자 귀향"이라고 말하고 있는 것에서 그가 시인을 일종의 여행자로 바라보고 있음이 드러난다. 우리가 문학을 하는 일을 긴 여행으로 본다면 시인은 분명히 여행자이다. 그런데 시인은 단순한 여행자가 아니라 주변을 잘 살펴보면서 주변을 언어의 보폭으로 감지하면서 걷는 생각하는 산책자이다. 산책자로서의 시인을 생각하면 제일 먼저 떠오르는 말은 '플라뇌르flâneur'라는 프랑스어이다. 이 말은 '한가롭게 거니는 사람'이라는 뜻을 가지고 있지만, 영어에서는 부정적 느낌이 강한 '게으름뱅이', '놈팡이', '한량'의 뜻으로 해석된다. 샤를 보들레르는 프랑스의 유명한 주간지 『르 피가로』에서 "플라뇌르를 도시를 경험하기 위해 도시를 걸어 다니는 자"로 정의한 바 있고, 그 이후 발터 벤야민이 플라뇌르의 여러 유형을 소개하면서 이 용어는 예술가들에게 영감을 주는 중요한 단어로 자리 잡게 되었다.

필자가 오성일 시인의 시들을 읽으면서 느낀 점은 그의 시들은 대부분 산책자로서의 언어적 보폭을 가지고 있다는 점이다. 그가 관심을 가지고 있는 시적 대상들은 대부분 산책을 하다가 주변에서 쉽게 만날 수 있을 것 같은 사람이거나 사물들이고, 그는 이러한 대상들을 무심히 지나치지 않고 자신의 사유의 보폭 안으로 끌어들여서 선명한 언어의 발자국을 찍어낸다. 그것은 "조바심으로 오던/저녁의//애가 쓰이는 사람들과/안간힘 같은 풍경들의/성문聲紋//그러나,/나의 말은 어줍고/갈수록 희미하여"가 전문인 시집 초두의 「시인의 말」에서도 쉽게 찾아볼 수 있다. 여기서 '조바심', '애가 쓰이는', '안간힘', '성문聲紋' 같은 표현을 통해서 알 수 있듯이 오성일 시인은 주변에 무심하거나 한가로운 산책자는 아니다. 그의 산책에는 시적 경험이라는 뚜렷한 목표가 있다. 하지만 그는 이러한 자신의 시적 산책을 조금은 송구스럽게 느낀다. 시인이 자신의 말을 어줍다고 느끼는 것은 그가 자신을 끊임없이 점검하고 성찰하는 '염결성

廉潔性'의 시인이라는 것과 무관하지 않다.

> 고개를 숙이고 생각하겠습니다 고요히 나에게만 물겠습니다 하늘의 별빛에도 마음 흔들릴 수 있으니 우러르지 않겠습니다 눈 감겠습니다 도처에서 나를 노리는 파행과 봉착, 눈을 뜨면 꿈꾸지 않은 길 위에 서 있을 수도 있으나 가장 위독했던 순간의 기억으로 길을 되물어 가겠습니다 이 외로움이 나의 방향 감각 입니다
>
> —「밤에 쓴 말」 전문

이 시를 보면 먼저 윤동주 시인의 「서시」가 생각이 난다. "죽는 날까지 하늘을 우러러/한 점 부끄럼이 없기를,/잎새에 이는 바람에도/나는 괴로워했다./별을 노래하는 마음으로/모든 죽어 가는 것을 사랑해야지/그리고 나한테 주어진 길을/걸어가야겠다.//오늘 밤에도 별이 바람에 스치운다." 가 전문인 「서시」는 우리에게 윤동주 시인이 가지고 있었던 시인으로서의 염결성을 먼저 생각하게 해준다. 윤동주 시인은 "죽는 날까지 하늘을 우"러르겠다고 했는데, 오성일 시인은 "하늘의 별빛에도 마음 흔들릴 수 있으니 우러르지 않겠습니다 눈 감겠습니다"라고 다짐하고 있다. 그것은 도처에 자신을 노리는 파행과 봉착이 있어서 "눈을 뜨면 꿈꾸지 않은 길 위에 서 있을 수도" 있기 때문이다. 시인의 염결성은

"가장 위독했던 순간의 기억으로 길을 되물어 가겠습니다 이 외로움이 나의 방향 감각입니다"라는 마지막 구절에 더욱 진중하게 드러나 있다. 시인의 이러한 다짐은 니체가 그의 저서 『차라투스트라는 이렇게 말했다』에서 언급한 '위대한 자기 경멸의 시간'과도 같은 것이다.

> 지금도 산지기라는 직업이 있는지
> 있다면 그거나 좀 해봤으면
> 그런 생각이 밀려오는 저녁
>
> 내가 산지기였다면
> 산막山幕에 흐릿한 남폿불을 걸어놓고
> 검푸른 침엽의 숲 위로 떠오르는 붉은 달을
> 아주 잘 지켰을 텐데, 생각하면서
>
> 제 맘 하나도 못 지키는 내가
> 달 지킬 생각을 하는
> 이런 우스웁고 황홀한 밤
>
> —「봄밤」전문

이 시는 평범한 산지기에 관한 이야기가 아니다. 시인이 뜬금없이 산지기 이야기를 꺼낸 것은 시인 자신이 가진 언어의 산지기로서의 염결성 때문이다. 2연에서 시인이 "내가 산지기였다면/산막山幕에 흐릿한 남폿불을 걸어놓고/검푸른 침엽의 숲 위로 떠오르는 붉은 달을/아주 잘 지켰을 텐데"라고 진술하고 있는 것은, 시로 상징되는 "검푸른 침엽의 숲 위로 떠오르는 붉은 달"을 잘 지켜내고 싶은 시인으로서의 간절한 소망 때문이다. 3연의 "제 맘 하나도 못 지키는 내가/달 지킬 생각을" 하고 있다는 자책에서 시인의 시에 대한 염결성이 느껴진다. 하지만 이런 자신이 우습기는 하지만 황홀하다는 표현에서, 시에 매우 높은 가치를 두고 있는 시인의 마음이 느껴진다. 시인에게 있어서 시는 그의 다른 시 「산역山驛」에서 홀로 쓸쓸히 바라보는 "봄날의 앵두꽃 한 잎/옛말인 듯 붙어 있는//이정표/흰 팻말"과도 같은 것이다. 열차도 서지 않는 간이역에서 홀로 바라보는 '이정표 흰 팻말'이 시가 아니면 무엇이겠는가?

　　　　동네 문화센터를 지나다 본 시인학교
　　　　저기서 어느 이름 좀 났다는 시인이
　　　　시 쓰는 걸 가르치고 있을 텐데
　　　　시 쓰는 걸 어떻게 가르치나 궁금해하다가
　　　　시 쓰는 법은 굳이 가르치지 않았으면 좋겠다고
　　　　나는 나 혼자 생각을 가져보네
　　　　그냥 한 시간이 다 가도록
　　　　봄비 속에 놓쳐버린 차표를 찢듯
　　　　창밖으로 수만 장 꽃잎을 떨구고 섰는

늙은 꽃나무나 바라보고 있으면 좋겠다고,

지나갈 것이 다 지나간 뒤

해찰하듯 공터를 건너가는 바람을 따라

오월의 흰 종이 위로 생의 오후가

무심히, 조금 섭섭히

지나가고 있으면 좋겠다고,

시 가르친다는 집 앞에 서서

나는 말없이 생각하다 가네

—「시인학교」 전문

　이 시를 읽다보면 영화 〈죽은 시인의 사회〉에서 키팅 선생님이 문학 시간에 학생들에게 교과서를 찢어버리라고 말하면서 'Carpe Diem(현재를 즐겨라)'을 외쳤던 장면이 생각이 난다. 키팅 선생님의 화법으로 말하면 문학은 배우는 것이 아니라 즐기는 것이다. 그러므로 오성일 시인의 화법으로 말하면 시 쓰기는 "그냥 한 시간이 다 가도록/봄비 속에 놓쳐버린 차표를 찢듯/창밖으로 수만 장 꽃잎을 떨구고 섰는/늙은 꽃나무나 바라보고 있으면" 되는 것이다. 필자는 이러한 시인의 진술을 통해서 진정한 자유인으로서의 시인을 본다. 시인의 이러한 사유는 "지나갈 것이 다 지나간 뒤/해찰하듯 공터를 건너가는 바람을 따라/오월의 흰 종이 위로 생의 오후가/무심히, 조금 섭섭히/지나가고 있으면 좋겠다"라는 '무욕의 시학'이 뒷받침이 되어서 가능해진다. 시인

스스로가 자신은 반드시 위대한 시인이 되어야 하고 앞으로도 그런 시를 써야 한다는 강박관념에서 벗어나지 못한 시인은, "시, 낭만, 사랑, 아름다움은 바로 사람들의 삶의 양식"이기 때문에 "시를 읽는다는 건 다른 이유가 없고 그건 단지 우리가 인류의 한 사람이기 때문"이라는 키팅 선생님의 말을 이해할 수 없을 것이다.

2. 파레시아로서의 시와 공감의 상상력

시를 쓰는 일이 우리가 경험하고 느낀 것들을 시적 언어로 직조해내는 작업이라면, 시는 파레시아parrhesia이고 시인은 파레시아스트parresiastes라고 할 수 있다. 그리스어로 '모든 것을 말하기'라는 의미를 가지고 있는 파레시아는, '모든 것'을 의미하는 'pan'과 '말해진 바'를 의미하는 어근 'rema'의 합성어이다. 파레시아스트로서의 시인은 모든 것을 말하고 아무것도 숨기지 않으며 자신의 마음과 정신을 타인에게 활짝 열어 보이는 자이다. 이러한 시인에게 있어서 '소통'이나 '공감'은 필수이다. 그런데 요즘 문학잡지에 발표되는 시들은 난해한 시가 많아서 독자들이 시를 제대로 읽어내고 소통하기란 생각처럼 쉽지 않다. 그런 점에서 오성일 시인의 시는 난해하지 않으면서도 독자들이 읽고 쉽게 공감할 수 있는, 깊이와 호소력을 동시에 지니는 시라는 점에서 주목된다.

2016년 추석 연휴 끝 남쪽 지방에 큰비가 왔다

　　—자녀들이 추석 쇠고 떠난 시골집엔 빗물이 방문 앞까지 들이닥쳐 겨울을 날 연탄까지 쓸어갔습니다

　　KBS 기자의 물난리 소식에 어딘가 기사 같지 않은 아린 맛이 있어 '겨울을 날 연탄', 이 대목에서 마음은 한번 삐끗했는데,

　　이어지는 전봉덕 할머니(전남 담양군, 78세)의 인터뷰는 이랬다

　　—하도 비 오는 소리가 짜락짜락 나. 그래서 인자 요리 와서 문을 열어보니께 넘실넘실혀 그냥. 죽었어 깐딱하면…….

　　세상은 아직 황톳빛 난리가 그치지 않았는데, 나는 참 철이 없게도

　　남도 여자의 육자배기 대목이나 얻어들은 듯 짜락짜락 빗소리가 하도 넘실넘실 가슴 문턱을 넘쳐 들어와 깐딱하면 이쁜 시 한 줄을 토할 뻔했다

　　　　　　　　　　　　—「전봉덕 할머니의 인터뷰」 전문

　자신이 아닌 타자의 삶에 귀를 기울인다는 것은 생각처럼 그리 쉬운 일이 아니다. 일부 정치인들은 선거 때만 되면 서민들과 함께한다는 명목으로 먹자골목이나 시장통을 기웃

거리기도 하지만, 그들의 목적은 서민들의 삶보다는 자신의 표에 관심이 쏠려 있다. 그런데 오성일 시인의 시들을 읽다 보면 그가 시를 통해서 타자에게 관심을 보이는 것에 진정성이 느껴진다. 그는 사람뿐 아니라 심지어 얼마 안 있으면 무쇠솥에 들어가 요리가 되어서 나올 오리가 걱정이 되어, "오리야,/한겨울인데//해 질 녘/눈발 치는데//노인 영감 무쇠솥에 물 끓인단다//날은 어두워/장작 환한데, 오리야//울 넘어서 뒤뚱뒤뚱 도망가거라"(「산촌」)라고 외친다. 한갓 미물인 오리의 안부가 걱정인 시인에게 물난리가 나서 겨울 걱정을 하는 할머니의 인터뷰 기사가 아무렇지도 않게 그냥 스쳐 지나갈 리는 만무하다.

KBS 기자의 물난리 소식에 '겨울을 날 연탄'이라는 대목에서 마음이 한번 삐끗했다는 시인의 독백은 이 시를 읽는 이들의 가슴도 삐끗하게 만든다. 그런데 시인은 할머니의 "하도 비 오는 소리가 짜락짜락 나. 그래서 인자 요리 와서 문을 열어보니께 넘실넘실혀 그냥. 죽었어 깐딱하면……." 이라는 대목에서 할머니가 구사하는 말의 기막힌 묘미를 느끼면서 "나는 참 철이 없게도/남도 여자의 육자배기 대목이나 얻어들은 듯 짜락짜락 빗소리가 하도 넘실넘실 가슴 문턱을 넘쳐 들어와 깐딱하면 이쁜 시 한 줄을 토할 뻔했다"라고, 그런 와중에도 이쁜 시 한 줄이나 쓸 생각을 하는 철없는 자기 자신을 나무라고 있다. 이처럼 독자의 눈치도 보지 않고 자신의 상반된 감정을 솔직하게 드러내는 오성일 시인은 이미 "자신의 마음과 정신을 타인에게 활짝 열어 보이는 자"로서의 파레시아스트라고 말할 수 있다.

> 서천 가는 밤
> 흐릿한 기차간에 보퉁이 몇 개
>
> 예산의 삽교의 홍성의 광천의 대천의 웅천의 서천의
> 늙은 어미들의
>
> 느릿느릿 작은 눈 깜빡이며
> 무언가를 걱정하다
>
> 간간
> 보퉁이를 고쳐 안는
>
> 무릎에 포개진
> 마른 손 몇 개
>
> —「장항선1 — 예산역」전문

경부선, 장항선, 중앙선 등 수많은 역으로 연결되어 있는 철도 노선들은 단지 먼 곳을 여행하기 위한 교통수단으로서의 의미를 넘어선 서사를 품고 있게 마련이다. 실제로는 존재하지 않는 역으로 알려진 곽재구의 '사평역'도 시인이 체

험했던 남광주역을 모델로 삼았다는 이야기가 있다. 그러므로 사평역은 가상의 공간으로만 볼 수 없다. 1980년 5월 광주민주화항쟁이 군부의 총칼에 무참히 짓밟혔던 암울한 현대사의 질곡을 그 속에 내장하고 있기 때문이다. 장항선은 주로 충청도 지역을 오가는 철도 노선이지만, 위의 시에도 보이듯 "서천 가는 밤/흐릿한 기차간에 보퉁이 몇 개"로 상징되는 애환과 그들만의 서사가 있다. 저녁 밤 열차를 타고 가면서 허름한 보퉁이를 안고 "느릿느릿 작은 눈 깜박이며/무언가를 걱정하"면서 "간간/보퉁이를 고쳐 안는" 늙은 어미들의 "무릎에 포개진/마른 손 몇 개"는 짧은 서사 속에 이미 가난한 아낙의 애달픈 인생이 진하게 배어 나온다. 이 시에는 열차 속 늙은 어미들의 모습에 공감하는 화자가 있고, '보퉁이'로 상징되는 늙은 어미들 상호 간 무언의 교감이 짙게 배어 있다. 이 시에 등장하는 공감하는 주체들은 이미 진실을 말하는 파레시아스트이다.

옆구리로 밀어낸 두어 개 잎을 보니
네가 은행나무였던 걸 알겠다

톱날이 지난 자리 나이테를 보니
서른 살쯤 먹었던 걸 알겠다

바람이 불자 파르르 잎을 떨어

다시 아득한 한 생애를 시작하는 나무야

삼십 년, 혹은 오십 년쯤 뒤에
또 한 번 발목까지 몸뚱이가 베어진대도

그것이 나무의 나무된 일인 줄만 알아
여린 잎 하나를 가까스로 밀어 올리며

아득한 나무의 일생을 다시 시작할 나무야
— 「나무야」 전문

언뜻 읽어보면 생태시처럼 읽히기도 하는 이 시에는 힘
없는 자연을 짓밟는 인간의 폭력성이 숨어 있고, 극한 환경
속에서도 그것을 극복하면서 꿋꿋이 살아가는 알레고리적
서사가 복합적으로 녹아 있다. 1연의 "옆구리로 밀어낸 두
어 개 잎을 보니/네가 은행나무였던 걸 알겠다"라는 진술을
통해서 우리는 이 시의 존재론적 인식 태도를 엿볼 수 있다.
이 시의 존재론은 온전히 생명성을 통해서 드러난다. 어떠
한 역경 속에서도 "바람이 불자 파르르 잎을 떨어/다시 아
득한 한 생애를 시작하는 나무"에는 인간의 폭력성으로도
어쩔 수 없는 강인한 생명력이 숨어 있다. 이 시의 화자는 폭
력성을 가지고 있는 인간의 편에 서지 않고 어려운 환경 속
에서도 꿋꿋이 자신의 생명성을 지켜내는 나무의 편에 서

있다. 이것은 생명을 존중하는 마음과 더불어 나무에 대한 지극한 사랑이 없이는 불가능하다. 독일의 심리학자 테오도르 립스는 '타자의 마음의 문제'를 해결할 수 있는 열쇠는 내 마음이 상대방의 마음을 모방하는 것, 곧 공감에 있다고 말하고 있다.

3. 염려하는 자와 두 개의 거울

독일 철학자 마틴 하이데거는 그의 저서 『존재와 시간』에서 '염려Sorge'를 인간의 본질이라고 말한 바 있다. 하이데거는 사람을 '세계-내-존재In der welt sein'로 규정하고, 사람을 끊임없이 자기 자신에 대해 '염려하는 존재'라고 정의했다. 그의 이러한 정의의 바탕에는 시간의 거울을 통해 인간을 바라보는 존재론적 관점이 내재해 있다. 하이데거는 비슷한 두 개념인 '염려'와 '걱정Angst'을 구분해서 설명한다. 인간 실존의 위기에 직면하는 혼돈의 순간에 발생하는 감정인 걱정은 대상이 존재하지 않지만, 어떤 것에 대한 떨쳐버릴 수 없는 감정을 의미하는 염려는 뚜렷한 대상이 존재한다고 한다. 하이데거에 의하면 인간Da Sein은 '존재 가능에 대한 존재'로서 항상 자기 자신을 넘어서 있는 존재이기 때문에 염려는 인간의 필연적 본성이다.

오성일 시인의 시에는 도처에 '염려'의 감정이 드러나 있다. 하이데거의 논리를 따르자면 이러한 염려의 뿌리에는 시인의 존재론적 세계관이 자리하고 있다고 볼 수 있다. 오

성일 시인의 시에서 염려하는 자아를 거울의 눈으로 본다면
그의 시에는 두 개의 거울이 존재한다. 그 하나는 자신을 향
한 반성적 거울이고 다른 하나는 타자를 향한 염려하는 거
울이다. 우선 다음의 시를 읽어보자.

사무실 앞 미풍해장국이 문을 닫았습니다
그제 밤부터 불이 꺼져 있더니
오늘 낮까지 문이 잠겨 있습니다
문 닫힌 한낮의 식당 안을 들여다보는 건
왠지 섭섭하고 걱정이 드는 일입니다
해장국의 뜨뜻하고 뿌연 김이 가라앉은 식당에선
유리문 사이로 서러운 비린내 같은 게 새 나옵니다
옆 건물 콜센터의 상담원 처녀들이
늦은 밤 소주 댓 병과 함께 뱉어 낸
고객님들의 악다구니와 욕지거리들도
식당 바닥 찬물 위에 굳은 기름으로 떠 있습니다
의자와 정수기와 도마와 탁자와 계산대는 다들
앞길이 막막하다는 표정으로
그늘 속에 반쯤 얼굴을 묻고 있습니다
나는 젊은 주인 내외가 무슨 상이라도 당했으려니
노할머니께서 돌아가셨는데
너무 슬픈 나머지
쪽지 하나 붙이고 가는 일 깜빡했으려니 짐작하면서

하루 이틀 더 기다려보자고 생각합니다

그나저나 이제 초여름인데 벌써 공기가 후줄근합
니다

미풍이 좀 불었으면 좋겠습니다

콜센터 아가씨들에게도 해장국집 착한 부부에게도

그리고, 나에게도 바람이 좀…….

—「미풍해장국」전문

쓸데없이 남의 일을 참견하거나 걱정하는 사람을 가리켜
오지랖이 넓은 사람이라고 한다. 언뜻 이 시를 읽어보면 시
인이 꽤나 오지랖이 넓은 사람으로 느껴진다. 그런데 오성
일 시인의 다른 시들을 읽어보면 그것은 오지랖의 차원을
넘어서 시인의 본성임을 알게 된다. 이 시의 화자는 한낮이
되어도 문을 열지 않는 해장국집을 보면서 염려하는 마음을
드러낸다. 그것은 식당 주인에게 무슨 일이 생기지나 않았
을까 하는 염려와 식당을 이용할 수 없는 고객에 대한 염려
가 공존한다. "옆 건물 콜센터의 상담원 처녀들이/늦은 밤
소주 댓 병과 함께 뱉어낸/고객님들의 악다구니와 욕지거
리들도/식당 바닥 찬물 위에 굳은 기름으로 떠 있"다는 표
현에서 안 보이는 고객에 대한 염려가 드러난다. 화자는 "의
자와 정수기와 도마와 탁자와 계산대는 다들/앞길이 막막
하다는 표정으로/그늘 속에 반쯤 얼굴을 묻고 있"다는 표현
을 통해서 사람뿐 아니라 사물들의 안부까지 염려하고 있

다. 오성일 시인의 여러 다른 시들을 읽어보아도 사물에 비해서 인간에 대한 관심이 특별히 많지 않다는 것을 알 수 있다. 우리는 이런 지점에서 시인의 탈중심주의적 사유를 엿볼 수 있다.

어디가 초원이고 강과 호수인지 분간이 안 되게 대지에 눈이 덮여도 괜찮아요 아무르는 살 만해요 가으내 거두어둔 건초 더미가 있어서, 말들은 건초를 먹고 사람들은 마유를 먹지요 타이가의 침엽 숲엔 늑대와 가젤, 표범과 순록이 살고, 고니와 두루미는 쿠릴로 캄차카로, 물범과 연어들은 오호츠크의 한류로 가서 죽지요 아무르의 겨울은 살 만해요 칼끝의 눈바람에 발갛게 볼이 언 채 아무르는 죽을 만해요 당신들의 땅에는 어떤 정령들이 숨 쉬어 사는지요 건초 더미도 없이 마유도 없이 밤짐승들의 혼백 시린 울음도 없이 당신들이 사는 그곳은 살 만한지요 살다가 죽을 만한지요

—「아무르」 전문

삶과 죽음의 문제는 상반된 두 가지 문제가 아니라 하나의 문제이다. 현재 자신이 살아가고 있는 삶이 살 만하다는 것은 동시에 죽을 만하다는 의미를 내포하고 있다. 이 시의 화자는 초원과 강과 호수가 어우러진 아무르의 눈 덮인 겨울 풍경을 바라보면서, 문명 세계의 인간이 염려하는 아무

르 지역 사람들의 삶에는 아무런 문제가 없음을 강조하고 있다. 화자가 바라본 아무르 사람들의 삶은 가장 친자연적인 삶이어서 그들의 삶과 죽음 또한 어색하지가 않다. "타이가의 침엽 숲엔 늑대와 가젤, 표범과 순록이 살고, 고니와 두루미는 쿠릴로 캄차카로, 물범과 연어들은 오호츠크의 한류로 가서 죽지요 아무르의 겨울은 살 만해요"라는 화자의 진술 속에는 친자연적 삶에 대한 긍정이 들어 있다. 그것은 시인이 자연이라는 거울의 눈으로 친자연적 공간인 아무르의 삶을 바라보고 있기 때문이다. 그렇기 때문에 "아무르의 겨울은 살 만해요 칼끝의 눈바람에 발갛게 볼이 언 채 아무르는 죽을 만해요"라는 화자의 아이러니한 진술이 전혀 이상하게 느껴지지 않는다. 이 시에서 화자가 아무르의 삶을 특별히 세세하게 조명하고 있는 것은 "건초 더미도 없이 마유도 없이 밤짐승들의 혼백 시린 울음도 없이 당신들이 사는 그곳은 살 만한지요 살다가 죽을 만한지요"라는 질문을 우리에게 던지기 위한 것이다. 이러한 시인의 질문 속에는 자연을 잃어버리고 문명적 삶에 매몰되어 살아가는 인류에 대한 '염려'가 숨어 있다.

  촛불의 밝기가 몇 촉인지 나는 모른다 촛불의 마음
 이 몇 도인지 나는 모른다 그러나 나는 촛불에 대해
 아는 게 있다 촛불은 다른 불과 다르다 촛불이 다른
 불과 다른 건 흔들리기 때문, 어둠을 뒤흔드는 그림

자를 만들기 때문이다 그 그림자로 땅을 흔들기 때문이다 촛불은 눈물을 모았다가 흘릴 줄도 안다 나는 그 눈물에 화들짝 놀란 적이 있다 나보다 먼저 놀라서 내 손바닥 안에서 굳어지던 촛불의 눈물, 하여 나는 촛불을 똑바로 세워 드는 습성을 배웠고 사람이나 촛불이나 꼿꼿한 자세 속에는 눈물을 사르기 위한 수평의 안간힘이 있다는 것도 터득하게 되었다 촛불이 무서운 건 다른 게 아니다 그 안간힘, 그 꼿꼿한 견딤이 무서운 것이다 수직의 분노가 옮겨붙는 저 거대한 수평이 무서운 것이다 그리고 또 하나 분명한 것, 촛불은 바람 불면 번진다

—「촛불」 전문

　요즘은 촛불하면 떠오르는 것이 수백만의 촛불이 일렁이던 광화문 거리이지만, 전기가 없던 시절의 촛불은 어둠을 밝히는 중요한 도구였다. 위의 시에서 시인이 촛불을 시적 오브제로 선택한 것은 촛불이 다른 불과 다르기 때문이다. 시인에 의하면 "촛불이 다른 불과 다른 건 흔들리기 때문, 어둠을 뒤흔드는 그림자를 만들기 때문이다 그 그림자로 땅을 흔들기 때문이다". 시인은 이 시에서 촛불을 거울로 삼아서 그 안에 비친 자신을 바라보고 있다. 촛불이 흔들리면서 "어둠을 뒤흔드는 그림자"를 만드는 것은 시인 자신의 염려하는 자아와 닮아 있다. 두 번째로 시인이 촛불에 주목하는

건 촛불의 '눈물'이다. 눈물을 흘릴 줄 안다는 건 자신 또는 타자에 대한 연민과 공감이 있다는 것이다. 그리하여 시인으로서의 화자는 "촛불을 똑바로 세워 드는 습성을 배웠고 사람이나 촛불이나 꼿꼿한 자세 속에는 눈물을 사르기 위한 수평의 안간힘이 있다는 것도 터득하게" 된다. 여기서 '수평의 안간힘'은 "수직의 분노가 옮겨붙는 저 거대한 수평"을 견뎌내는 '꼿꼿한 견딤'이다. 연약한 듯 보이는 촛불에서 시인이 발견한 것은 흔들림으로 상징되는 염려의 마음과 더불어 자신을 유지하면서 세워가는 강인한 실존의 모습이다.

　　나는 요즘 꽤 멀리 풀을 뜯으러 다닌다 아침저녁 길을 멀리 오가니까 아내와 자식 생각도 많아진다 오늘은 육십 리쯤 가서 풀을 뜯고 왔다 몇 년 전 삼만 리나 날아가서 잉글랜드 초원의 풀을 뜯어본 생각도 가끔 난다 그립다 어린것들도 이젠 제법 뿔이 굵어서 오리나 십 리쯤 가서 저 혼자 풀을 뜯고 오기도 한다 대견하다 이웃집 노인네는 다 큰 자식놈이 통 풀 뜯으러 나갈 생각도 안 하고 몇 해째 빈둥댄다고 나만 보면 걱정이 많다 나는 경기가 좀 나아지면 풀 뜯을 데 생기지 않겠느냐고 대꾸는 해주지만 세상 돌아가는 꼴을 보면 그게 그리 간단치는 않을 것 같기도 하다 우리 식구들은 집에 돌아오면 각자의 말뚝에 얌전히 목줄을 걸고 밤참으로 여물을 먹기도 하는데, 같이 먹

자면 아내는 기겁을 한다 하긴 요즘 부쩍 살이 붙기는
했다 어제는 뭣 좀 생각할 게 있어 어두운 들판에 서
있다 늦게 들어갔더니 다들 순한 얼굴을 하고 잠이 들
었는데 작은놈은 어디 아픈 데라도 있는지 눈곱이 줄
줄 흐르는 게 안쓰러웠다 내일은 어디 가서 몸에 좋다
는 풀을 좀 뜯어다 먹여야겠다

—「염소 아빠」전문

　인간 존재를 자아와 타자로 분류한다면 가족은 커다란 의
미의 자아이면서 좁은 의미의 타자라고 할 수 있다. 그런 의
미에서 보면 가족은 자아와 타자를 잇는 가장 긴밀한 연결고
리이다. 위의 시에서 시적 화자는 염소를 키우는 '염소 아빠'
이자 가족을 돌보고 식구들을 먹여 살리는 가장이다. 이 시
의 '염소'는 단순히 집에서 기르는 가축이 아니라 가족의 구
성원으로서의 '식구'이다. 따라서 시인은 염소뿐 아니라 다
른 식구들도 염소로 은유하고 있다. 화자는 어린 것들이 뿔
이 제법 굵어져서 "오 리나 십 리쯤 가서 저 혼자 풀을 뜯고"
오는 모습에 흐뭇해하다가도 "다 큰 자식놈이 통 풀 뜯으러
나갈 생각도 안 하고 몇 해째 빈둥"대고 있다고 걱정하는 이
웃집 노인네에게는 넌지시 위로의 말을 건네기도 한다.

　시인으로서의 화자가 식구들에 대한 생각이 많아진 것은
그가 염소에게 줄 먹이를 위해 꽤 멀리 풀을 뜯으러 다니는
행위와 연관이 있다. 여기서 염소의 풀을 뜯으러 들판으로

나가는 화자의 산책은 단순한 산책이 아니라 '생각하는 자로서의 산책'이다. "어제는 뭣 좀 생각할 게 있어 어두운 들판에 서 있다 늦게 들어갔"다는 시인의 진술을 보면 '산책의 장場'인 들판은 이미 시인의 내면에 깊숙이 자리한 '생각하는 공간'이다. 그러므로 우리가 시인을 생각하는 산책자로 본다면, 생각하는 사람, 즉 '호모 플라뇌르Homo flâneur'라 불러도 좋을 것이다.

이상에서 살펴본 바와 같이 오성일 시인은 생각하는 산책자로서의 '호모 플라뇌르'이다. 그의 시들은 대부분 산책자로서의 언어적 보폭을 가지고 있다. 그가 산책을 하면서 생각하고 생각을 하면서 마주하는 대상들은 어딘가 소외되어 있거나 그늘져 있어서 시인의 마음을 끌어당기는 것들이다. 그의 시에는 "꾸고 싶지 않은 꿈이 자주 찾아오는 새벽"(「겨울 저녁의 노래」)이 도처에 존재하지만, 그는 어긋났을지도 모르는 자신의 신념이나 패배를 두려워하지 않는다. 한편으로 그는 시적 염결성을 가지고 자신을 활짝 열어서 보여주는 진실한 언어를 말하는 자로서의 파레시아스트이다. 그의 실존의 뿌리에 닿아 있는 염려하는 마음은 니체가 그의 저서 『차라투스트라는 이렇게 말했다』에서 언급한 '위대한 자기 경멸의 시간'에 잇닿아 있다. 오성일 시인의 시가 표면으로 보이는 기표들을 넘어서는 깊이를 내장하고 있는 것은 여타의 다른 시인들이 보여주지 못하는 오성일 시인만의 언어 산책자로서의 시적 숨결을 지니고 있기 때문이다. ✐

미풍해장국

1판 1쇄 인쇄	2021년 12월 6일
1판 1쇄 발행	2021년 12월 15일
지은이	오성일
펴낸이	임양묵
펴낸곳	솔출판사
편집장	윤진희
편집	최찬미, 김현지
디자인	이지수
마케팅	조아라
제작관리	박정윤
주소	서울시 마포구 와우산로29가길 80(서교동)
전화	02-332-1526
팩시밀리	02-332-1529
홈페이지	www.solbook.co.kr
이메일	solbook@solbook.co.kr
출판등록	1990년 9월 15일 제10-420호

© 오성일, 2021

ISBN	979-11-6020-168-0 03810